Your Next Chapter Is Going To

Be Amazing

Writer's Jugalbandi

BookSquirrel Publications

BookSquirrel Publication

Mahadev Totala Nager, Indore (M.P),452001
Regd Under MSME
Website:
www.booksquirrelpublication.com

"Your Next Chapter is going to be amazing"

By: Shatakshi Sharma

ISBN: 978-93-89923-59-9

English and Hindi Anthology

Book Formatting: Aryan Verma

Cover Design: Ronak Chavda

Your next chapter is going to be amazing

Disclaimer

This is a work of fiction. Our editors have tried their best to edit the content of the author/authors and check the plagiarism or error is found, only the author is responsible alone, and not the publisher.

Your next chapter is going to be amazing

Acknowledgment

The making of this Anthology would not have been possible without the co-authors and our team.

Thankful gratitude towards all who have worked hard and have made an effort for this book to be successful.

Above all, the hearty thanks to our parents, family, and friends for supporting us throughout this project.

Lastly, we thank the almighty for giving us this opportunity and strength to complete it successfully.

Shatakshi Sharma

She is the first girl in universe who wrote entire MAHABHARATA in poetry form and created a world record for her solo book

Founder of Flamingo publication

Bleeding Devotee of Supreme KRISHNA

हमेशा के लिए

सुबह की पहली किरण

जब चेहरे पर पड़े तुम्हारे

उनपर नज़र टिका कर

उस लम्हे को दिल में कैद कर लूं

हमेशा के लिए..

चाय में चासनी सँग

बेशुमार प्यार मिलाकर

म्हारे रोम-रोम की

लखिलाहट बन जाऊँ

हमेशा के लिए..

रोज़मर्रा की जितनी भी बातें हों

सब तुमसे सांझा करती रहूँ

हाथ थाम कर तुम्हारा,

भाग्य की लकीरें तुम्हें सौंप दूँ

हमेशा के लिए..

तुम्हारे प्रति विश्वास को

अपने सिंचती रहूँ

दिन प्रतिदिन मैं बनकर

तुम्हारा प्रेम मन जीवन ,

तुम्हारा विश्वास बन जाऊँ

हमेशा के लिए..

मेरे जीवन का सबसे

ऊंचा सौभाग्य हो तुम

कृषभक्ति की प्रगाढ़ शक्ति

हृदय जिसे पूजता है

घुलकर तुममें तुम सी

बिल्कुल तुम्हारा वजूद बन जाऊँ

हमेशा के लिए..

किसी दिन पिरोकर

खुद के एहसासों को

शब्द सारे ज़ाहिर कर दो

उन शब्दों की माला बनाकर

तुम्हारे नाम का मंगलसूत्र गले में डाल लूँ

हमेशा के लिए..

Smita Tripathi

प्रेम का वजूद

प्रेम ' सत्य है जगत् में,

धर्म कर्म बस रीत।

अंतर घट में बैठ कर,

करें न्याय की जीत।।

अंतर से अंतर बढ़ा,

भूला अंतर गीत।

बाहर फिरता खोजता,

अंतर का संगीत।।

जब अंतर,अंतर घटे, घटे जगत् की प्रीत।

अंतर में तब गूंजता

पिया मिलन का गीत।।

अंतर से अंतर मिले अद्भुत है ये रीत।

प्रेम धार नैनन बहे, टूटेअंतर भीत।।

ज़िन्दगी में हर कदम,वजूद की तलाश है।

भटक रहे हैं सब यहां,

सुकून की भी आस है ॥

चाह है सुखों की,

सुख, पलाश ही पलाश है ।

ज़िन्दगी में हर कदम,

वजूद की तलाश है ॥

साथ में चले तो थे,

दिल से दिल मिले तो थे ।

वक़्त की हवा चली,

सुख की सांझ यूँ ढली ॥

हम कहाँ उलझ गए,

मेरी तुझे तलाश है ।

तेरी मुझे तलाश है,

हमें हमारे खोये उस ।

जूनून की तलाश है,

जहान में महान के वजूद की तलाश है ॥

Pooja Tiwari

मुझे मेरे वजूद की तलाश है

सफ़र ये मेरा ख़ास है शुरुआत जो समाज़ ने की है इसकी,

मुझे मेरी औकात दिखाकर अब इसके अंत को भी मेरी तलाश है

क्या हुआ जो बिछड़े है सफ़र में अपनों से इनको भी

तो मुझसे कुछ ऐसी ही आस है

गगन की स्वच्छन्दता देख आती मुझे खुद पर शर्म,

क्यों मेरे ऐसे हालात है फ़क़्त

हिमालय जैसे राज़ करते हो तुम मुझ पर,

चट्टान जैसा मेरा भी स्वाभिमान है

तुम नदियों में ही गोते लगाते रहोगे,

मेरी तो समुन्द्र को भी प्यास है

फ़िलहाल जो निकली हूँ इस सफ़र में,

मुझे मेरे वजूद की तलाश है।

आज एक झलक ज़िन्दगी को पीछे मुड़कर देखा,

कभी मुस्कराये हुई तो कभी तन्हा उदास बैठी मिली

थोड़ा आगे बढ़ी तो, पन्ने और खुले गलतियाँ भी मिली

लगा ज़िन्दगी बहुत जुल्म कर रही है इतनी इंतेहा क्यों ले रही है

नाराज़ नही थी बस थोड़ी परेशान थी

एक अरसे बाद आज क़रार आया तो समझ आया वह खफा नही थी

बस इस ज़िन्दगी में अपना वजूद कायम रखना सीखा रही थी।

Sameer Pareek

कौन हो तुम ?

शायद मेरे लिए तुम दिल की धड़कन हो

मेरे गीत का संगीत हो तुम

मेरे बंजरपन की हरियाली हो तुम मेरी नींद का ख्वाब हो ।

तुम एक बहता हुआ पानी हो और में एक किनारा हु ।

या शायद में एक प्यासा हु तुम मेरे लिए पानी हो।

तुम मेरे लिए रास्ता हो और में एक राही हु।

शायद तुम मेरे लिके मंज़िल हो और में एक मुसाफिर हु।

शायद तुम मेरे लिए किताब हो और में कलम हु।

कौन हो तुम?

कैसे कहूं कि में एक आईना हु ओर तुम मेरे लिहे सूरत हो।

तुम मेरे लिए फूल हो और में एक कली हु

या फिर शायद कहु तुम मेरे लिए फूल हो और में भँवरा हु।

तुम मेरी रात हो या तुम मेरा सवेरा हो ।

तुम मेरा दर्द हो? मेरी मरहम हो? कौन हो तुम?

तुम बरिश हो में भीगता हुआ राही हूँ

या शायद तुम एक आसमां हो और में एक उड़ता हुआ पंछी हु।

कौन हो तुम? शायद तुम मेरी पलके हो ओर में भीगता हुआ अश्क।

या कहु तुम मेरे हाथों की लकीरें हो या क़िस्मत ।

कौन हो तुम ? तुम मेरा इश्क़ हो मोहब्बत हो या

कहु तुम मेरी परछाई हो।

तुम मेरी हँसी, ख़ुशी हो दुख हो ? कौन हो तुम?

तुम चाँद हो तारा हो ? या कहू तुम असमान हो ?

क्या हो तुम ? कौन हो तुम ?

Deepshikha Sharma

नारी का वजूद-

ना डरती हूँ ना मरती हूँ
जब भी गिरती हूँ खुद संभलती हूँ
रौंदी भी जाती हूँ कुचली भी जाती हूँ
हैं संवेदनाएं बहुत ज़िन्दगी की इस
कहानी में अबला कहलाती हूँ
देती हूं मैं ही जन्म तुम्हे तुम्हारे ही
हाथों से कुचली जाती हूँ
चोट लगती है सहनशील हूँ
जो फिर तुम्हे कोख में लाती हूँ
नारी हूँ हर दर्द सह के भी मुस्कराती हूँ।

मृत्यु-कर्म-

तू क्यूं रोता रे पगले जब जानता

सब मिट जाना है

इस छोटी सी ज़िन्दगी के लिए

 क्या रोना पछताना है

शरीर बना है मिट्टी का जो

एक दिन जल जायेगा

बच जाएगी थोड़ी सी राख

बाकी जिसे तू समेट ना पाएगा

चार दिन की ज़िन्दगी हंस रो कर

यूँही बीत जायेगी

मौत ही एक जगह है सबको
एक समान अपनायेगी
खुद भी खुश रह सबको खुश रख
न जाने कब आखिरी दिन आएगा
आदमी तो आदमी है जो हालात
को बदल नही पाएगा
किसी से गिला सिकवा नही
किसी को दर्द दिया नही तो
तू खुशी खुशी जन्नत को जाएगा
रह जायेगी तेरी याद बाकी मगर
तू ना वापस आएगा
तू ना वापस आएगा

Anamika Mishra

अपने बारे में कुछ लिखना मानो पत्थर तोड़ने के जैसे है, पर शताक्षी की इस अनोखी किताब ने मुझे अपने बारे में लिखने के लिये उत्साहित कर दिया है।इसके लिये जितना शुक्रिया करूँ कम है। तो अब शुरू करती हूँ मैं अपनी कहानी- मैं कोई बचपन से लिखने वाली लेखिका नहीं हूँ,मैंने बस कुछ पढ़ते पढ़ते और पापा की लिखी पुरानी कविताएँ और अपनी बचपन की दोस्त की लेखनी को पढ़ कर बस आड़े-तिरछि जिस तरह आई वैसे ही लिखना शुरू किया और ये भी मैंने उस वक़्त लिखना शुरू किया जब मेरी सगाई होने वाली थी ।उस से कुछ वक्त पहले से मैंने लिखना शुरू किया और मैं जो भी लिखती वो माँ को सुनाती और भाई को बताती की मैंने आज ऐसे लिखा।फिर पापा को बताती तो पापा गलत होने पे बताते थे,इस तरह शुरुआत हुई मेरे लेखन के सफर की। फिर मैं अपनी पढ़ाई के साथ साथ लिखना भी शुरू किया और हमेशा लिखती रही,इसी बीच मेरे भैया जो कि एक वेबसाइट के संचालक है उन्होंने मुझे कुछ कोट्स लिखने को दिये,मुझे जैसे आया मैंने लिख के दिया फिर उन्होंने उस गलती को सुधारा और उसे अपने वेबसाइट में प्रकाशित कर दिया और ये शायरी थी-बाप-बेटी शायरी,जिसने गूगल में हमेशा परचम लहराई।इस सफलता के बाद मेरी लेखनी और निखरने लगी और मैं बहुत लोगों को पढ़ने भी लगी जिससे मुझे बहुत कुछ सीखने को मिला। इसी बीच मेरी सगाई हो गई और मैं थोड़ी व्यस्त रहने लगी लेकिन माँ-पापा से दूर जाने की बात से मैं दुःखित रहने लगी और अपनी भावनाओं को कविता और कोट्स के रूप में लिखने लगी।अब सगाई के बाद की भावनाओं को मैं पन्नों पे उतार कर खुश हो जाती थी।फिर मेरी शादी हुई और धीरे-धीरे मैंने हमसफर के प्रति प्रेम को लिखना शुरू किया और उनके प्रति जो प्यार, इज़्ज़त जो भी मन में आते

उन्हें लिख कर सुनाना मुझे भाने लगा।उनको मेरा ये लिखना अच्छा लगता था और मुझे उनका प्रोत्साहित करना मुझे बहुत अच्छा लगता और उनके प्रति प्रेम और ईज़्ज़त बढ़ने लगा। बस इसी कारण मेरी लेखनी में प्रेम का रस घुलने लगा और प्रेम मेरे लेखन का पसंदीदा विषय बनने लगा।मैंने लेखनी में सब तरह की चीजों को पढ़ना शुरू किया और मेरे पढ़ने की कला ने ही मुझे ये लेखन की ओर प्रोत्साहित किया वरना मैं इस लेखन के क्षेत्र से कोसों दूर थी और अपने अंदर की कला को भी नहीं निखार पाती। बस मेरी लेखनी में सहयोग और मुझे प्रोत्साहित करने के लिये माँ,पापा, भाई,मेरे हमसफर तथा कुछ दोस्तों का हमेशा ऋणी रहूँगी जिन्होंने मेरे कला को निखारने में मेरा पूर्ण सहयोग किया । अपने लेखन को ऊँचा मुकाम देना चाहती हूँ, हाँ, मैं एक सम्मानित लेखिका कहलाना चाहती हूँ।

Sachin Gurjar

सचिन गुर्जर का है ये अरमान । पुलिस के नाम से आये हर चेहरे पर मुस्कान

पुलिस विभाग मे आये हुए अभी कुछ समय ही हुआ।।नाम है - गुर्जर सचिन मुखिया जो की उत्तर प्रदेश के गाजियाबाद जिले के एक धार्मिक गाँव - गनौली से है।।इनके पिता रघुराज सिंह व इनके दादा जो की इनके प्रेरणास्त्रोत थे स्व•बुध्दराम मुखिया जी।।अपने दादा जी के साथ ही रहते समाज मे आना जाना ।। दादा जी के नाम से ही हमारे लिए भी मुखिया नाम का सम्बोधन होने लगा।।जो हमे हमारे दादाजी से विरासत मे मिला अब हमारी जिम्मेदारी थी इसको आगे ले जाने का।।फिर कुछ अच्छाई और कुछ बुराई(कुरीतियां) समाज मे और आज के इस दौर मे देखने को मिलती थी।।ऊसका एक ही निदान है :- शिक्षा ।। क्योकि यही वौ एक पौधा है जो इस देश समाज को नई दिशा दे सकता है। बचपन मे सोचते थे की केवल नेता ही समाजसेवा करता है या कर सकता है ।फिर धीरे धीरे ज्ञान हुआ की समाजसेवा का कोई पद है न ही रुप।।आप कही भी है किसी भी पोस्ट या पद पर है अगर मन मे भाव सेवा का है।।तो उसके सार्थक ही परिणाम होंगे।। राजनीती मे रुचि होने के कारण इस तरफ झुकाव ज्यादा रहा।।लेकिन पढाई धीरे धीरे चलती रही।और इसी बीच कुछ प्रतियोगिताओ की परीक्षा दी ।उन्ही मे से चयन हुआ उत्तर प्रदेश पुलिस मे कान्सटेबल के पद पर नियुक्ति हुई।। जो की जीवन की एक नई पारी की शुरुआत थी।। मन मे सेवा भाव लिए चल पडे।।बाहर से देखने पर कुछ लगता था जब पुलिस विभाग मे जोइन किया तो पता चला ये इतना आसान नही जितना सोच मे चले थे।पर मन मे एक भाव उत्पन्न हुआ।की लोगो के बीच पुलिस की एक

सकारत्मक छवि बने जिससे एक अच्छा संवाद बन सके।और पहली ही पोस्टिंग मिली श्रीराम की नगरी अयोध्या मे ।। बस कुछ अलग था तो यहाँ की अवधी भाषा और उसमे कुछ भोजपुरी का तडका।।लेकिन धीरे धीरे सब समझ आने लगा।। और थाने पर आने के बाद क्षेत्र मे लोगो से संवाद बढा तो अधिकतर चर्चा ये ही रहती की आपके गाँव पडौस मे कोई ऐसा बच्चा तो नही रहता जो पढ़ने मे अक्षम हो आर्थिक,पारिवारिक या किसी अन्य कारण से ।।उनकी समस्याओं का निदान किया जाने की कोशिस करते रहते जिसमे सफल भी रहते थे।और बच्चे को शिक्षा से वंचित न होने देने का पुरा प्रयास करते ।जिसके सार्थक परिणाम आये ।। और इसी मे कुछ गरीब असहाय की मदद हो सकती थी तो अपने स्तर से करते थे।। फिर तो ऐसा लगता था की ज्यादा कुछ न कर पाये पर इतना हो जाये की हर दिन मे किसी के एक के चेहरे पर मुस्कान आ जाये हमारी वजह से चाहे वौ किसी भी रुप मे हो ।। तो इससे अच्छा कार्य मेरे मन की शाँति के लिए कोई नही था।।इन्ही सब कार्यो के लिये 22 अप्रैल 2018 को मुझे इंडियन आइकॉन अवार्ड से सम्मानित किया ग्या।उसके बाद भगवान परशुराम पुरस्कार-2018 से सम्मानित किया ग्या।और अन्य विभिन् मंचो पर इस पहल का स्वागत समाज ने इस रुप मे दिया मुझे और प्रेरित किया ऐसे कार्यो के लिए।।उसी बीच कुछ और अन्य कार्यो के लिए उत्तर प्रदेश पुलिस मुख्यालय से फोन के माध्यम से मेरे इन कार्यो को सराहा ग्या और यूपी पुलिस की अधिकारिक वेबसाइट फेसबुक ट्विटर और इंस्टाग्राम पर इन कार्यो के लिए शुभकामनाएं दी।जो मेरे लिए बहुत हर्ष और प्रेरणा का क्षण था।। और ब्स यही लक्ष्य लेकर आज भी बढें चले जा रहे है।। चलते चलो कभी तो आयेंगे किनारे। न तू मेरे सहारे न मे तेरे सहारे

Anjali Sharma

स्त्री हूँ मैं

मैं सिर्फ तब तक तुम्हारी हूँ

जब तक मैं तुमसे रूठ लेती हूँ

उलाहने दे देती हूँ

तुम्हें गले लगाकर रो लेती हूँ

बिना सोचे बेझिझक तुमसे

कुछ भी कह लेती हूँ

हंसती हूँ मुस्कुराती हूँ

कभी दामन को आसुंओं से भिगो लेती हूँ

लेकिन जब देखती हूँ

मेरे आंसू तुम्हें नहीं दिखते

मेरा रूठना, उलाहने देना

तुम्हारे हृदय तक नहीं पहुंचते

हां तब मैं रूठना छोड़ देती हूँ

मुस्कुराकर देने लगती हूँ

जवाब तुम्हारी बातों का

समेट लेती हूँ खुदको

खुद के ही वजूद के भीतर

तब तुम सोचते हो

सब कुछ ठीक है

तुम जान ही नहीं पाते ,

मैं शान्त नहीं मृतप्राय हो चुकी हूँ

गला घोंट दिया है मैंने

मैंने अपनी भावनाओ का

और जो अब मैं तुम्हारे पास हूँ

वो मैं होकर भी " तुम्हारी नहीं"

Yashika Sharma

नारी का वजूद

नन्ही सी जान

जब मां के गर्भ में थी.....

कितने सपने सजा रही होगी

वो इस दुनिया के जो अछूती थी उससे...

कोई वजूद ना था अभी उसका

इस बेरहम समाज में सजा रही थी वो

माँ भी अनगिनत सपनें जिनका

पूरा होना बस ख्वाब सा था...

क्योंकि वजूद ही न था उस अजन्मी का ....

इस दुनिया में जन्म हुआ

तो टुकर टुकर तलाश रही थी

वो रास्तों को नये से चेहरे

जो देखे थे उसने कुछ बड़ी हुई

सपने भी नये से लगते थे सबको ..

सवाल अभी यहीं था क्यों भेजा है

आखिर उसको इस दुनिया में

सफलता कहां मिली थी अभी उसको...

पर सफलता उसके कदम चूम भी लेती..

तू उस नारी का वजूद तो आज भी

 उसके पति के नाम से ही होगा ना

मेरा वजूद

मोहब्बत की दहलीज पर..

रखा जब मैंने अपना पहला कदम

तब वजूद मिला मेरे कल को

सपनों को संजो कर ...

जब माला मै पिरोया मैंने

तब वजूद मिला मेरी गरिमा को

अपने हाथों की लकीरों से परे ...

जब अपने परिश्रम पर भरोसा किया मैंने

तब वजूद मिला मेरे अस्तित्व को

कुछ अपनो की खातिर ...

जब भुला दिये अपने कुछ अरमान भी

तब वजूद मिला मेरे त्याग को दुनिया की नज़रों मे ...

जब सर उठाकर मैं आगे बढ़ने लगी

तब वजूद मिला मेरी पहचान को

Jasmeet Kaur

KARMA

Standing at the end of the road,
 Who will come first to you-
Your Devil or your God?
"You reap what you sow",
they always say.
Now, Reaping a demon-esque crop,
lead you in dismay?
Remembrance of past Bothers till the last.
And now the demon is here,
The suffering will make a blast.
All the past deeds are coming back to you
Committing the mistakes all over again,
You never grew? Afraid of the devil?
But know, It's the previous you
For the people who loved you But you never
shared a good thought And see,
Now you are all caught.
But do not worry
The devil will soon be gone
The tormenting will soon end.
And before that,
your soul has to mend
Your thoughts have to bend.
Meanwhile, you'll be vindictive.
But remember, That's how life is spent Paying
for all your deeds in the end.

EXPECTATIONS

Every person has its own limitations
Then why to burden them with your expectations.
The fear of being alone Is consuming
 you all the way long.
But give it a nice thought Living alone is all you've got.
But hey, you are not alone
 At some points we all are forlorn
Alone is way too different from loneliness Hold on,
don't let it become your craziness.
One day we all will heal Surviving
in this generation Is the only deal.
Deep down its the craving of just one soul,
Who would hold your hand And see you as whole.
That would bring out the best in you
All the pain would be worth
You have ever been through.
Till then, Hold on a little bit longer
Until you grow stronger.
Work on your flaws Make some life laws
Mend your cracked soul Stop serving drama in the bowl.
Love yourself a little bit more Because you are a lovely soul.

Vishnu Prasad Vishwakarma

खुद ही आइना हूँ मैं अपने वजूद का

खुद ही आइना हूँ मैं अपने वजूद का।

मत पूंछ जमाने कि मेरी शक्ल क्या है,

पंचतत्व की काया मेरी भी है।

खुदा तो नहीं जो निराकार हूँ मै,

खुद ही आइना हूँ मैं अपने वजूद का।

सवाल है जो तुझे मेरे वजूद पे,

तलाश ले कहीं भी मेरे ही चिन्ह मिलेंगे।

मोहताज़ नहीं मैं किसी पुख्ता सबूत का,

खुद ही आइना हूँ मैं अपने वजूद का।

उपवन भी ताजा होने को कुछ पल मुरझाता है,

काया को कल्प बनाने ही तरु मे पतझड़ आता है।

सींचोगे पसीने से तो इत्र सा महकेगा,

बढ़ता है कलेवर भी अदने से फूल का

खुद ही आइना हूँ मैं अपने वजूद का।

तेरे छद्म नमूने मे मुझे अपनी शक्ल नहीं देखनी,

मत तोल तराजू मे मुझे अपनी नियत नहीं बेचनी।

सम्भल जा वक्त रहते कहीं ऐसा न

हो तेरी छाती मे घोंप दूँ मै भाला त्रिशूल का।

खुद ही आइना हूँ मैं अपने वजूद का।

कुछ पल सख्त क्या हुए तेरे तेवर बदल गए

तेरे साँचों में ढल जाऊँ मृदु मिट्टी तो नहीं हूँ।

विजय होकर ही रहूँगा हूँ पक्का उसूल का

हाँ खुद ही आइना हूँ मैं अपने वजूद का।

Shiva Saxena

वजूद कहाँ है ।

इन गगन चुम्भी इमारतों में

अँधेरे को समेटती लाइटों में ,

चाँद सितारों वाली रात के

सुकून का वजूद कहाँ है ।।

यह आधुनिक युग की मोहब्बत में ,

उँगलियों पे रखे रिश्तों में ,

वो कबूतर वाले खत की

मोहब्बत का वजूद कहाँ है ।।

यह बदलते परिधानों में ,

फैशन में ढ़लते नोजवानों मैं

वो मासूमियत भरा लहजा और

सदाओं का वजूद कहाँ है ।।

वजूद कहाँ है ,

विकास के रथ पर चलते मेरे

भारत की एकता ,

भाईचारे -सौहार्द का वजूद कहाँ है ।

Meera Chauhan

"मोहब्बत कैसी"

बिखरे हैं तो बिखरने की शिकायत कैसी,

खुश्क पत्तों की हवाओं से रफाकत कैसी,

हर दौर में मैंने सिर्फ तुमसे मोहब्बत की है,

जुर्म संगीन है तो रियायत कैसी..!!

गर सजा का खौफ है तुमको तो मोहब्बत कैसी,

हमारे दर्द से तुम्हें दर्द ना हो तो तड़प कैसी,

मैंने तो समस्त ब्रह्मांड को काम पर लगा दिया है

तुझ पर नजर रखने को,

रग रग में कतरे कतरे में तू ना मिले तो यह जिंदगी कैसी...!!

तेरे बाद भी गर तुझसे ही इश्क ना

किया तो वफाएं कैसी,

मेरी सादगी पर जो तू लुट ना सका

तो यह अदाएं कैसी,

मेरी नजरें हर लम्हा तुझको ही ढूंढती है,

तू ख्यालों में शुमार ना हो तो बेखुदी कैसी..!!

"वजूद"

यू मेरा उसके सामने से नजर फेर कर गुजर जाना,,

उसकी रात भर की बेकरारी का सबब बना डाला..!!

भरी महफिल में सबको तक लेना बस उसको छोड़ देना,,

उसके दिल में सवालों का समंदर उड़ेल डाला..!!

उसके सामने ही गैरों से हंसकर बतियाना,,

उसका सारा वजूद ही हिला डाला..!!

यह सब करते हुए उसके साथ तड़पे बहुत थे हम,,

पर उसकी निगाहों से उठता हर इल्जाम खुद पर लगा डाला..!!

अपना सारा वजूद उसकी नजरों में खराब कर डाला,,

खराब कर डाला, खराब कर डाला..!!

Shalini Singh Chauhan

(क्या है ?वजूद)

मैं जब पैदा हुई तो सबने मेरे पापा का नाम लेकर ही कहा था ।कि ईश्वर ने उन्हें बेटी दी है तब भगवान के बाद मेरे पापा ही ऐसे थे जिनके नाम से मुझे जाना सबने ,जब पैदा भी नही हुई थी तब से पापा ने मेरा अस्तित्व खुद कि इस दुनिया में बनाना शुरू कर दिया था अब उन्हें खबर नही थी कि बेटा होगा या बेटी? फिर फिर भी वो एक नन्ही सी जान का वजूद बना रहे थे नवे महीने में ,मैं जब पैदा हुई तो पापा बहुत खुश थे पर घर में कोई नही, क्यूंकि वजूद बेटे का होता है बेटियों का थोड़े ही ,सब बताते है मुझे ऐसा की मेरी पैदाइश पर पापा इतने खुश थे जैसे उनके नसीब जन्नत हुई हो ।अब पापा का लाड़ तो बचपन से मिला था लेकिन माँ से लेकर सभी परिवार वाले बोझ समझने लगे ।कुछ पांच साल की हूंगी मैं जब मेरे घर मेरा छोटा सा भाई आया उसके आने की खुशी जितनी सबको थी उतनी ही मुझे भी थी।आखिर भगवान ने एक भाई मुझे दिया था ।भाई को खूब प्यार दिया सबने,जो कि आज तक मुझे किसी ने नही दिया था ।अब खेलते झगड़ते हम बड़े होने लगे पर भाई ने कभी भेदभाव नही रखा मुझसे जैसे अन्य सभी लोग लड़की की बजह से रहते थे अब मैं बड़ी हो चुकी थी और स्कूल मे भी अव्वल ही रही, एक दिन की बात है सब लोग घर पर आराम से बैठे बात कर रहे थे कि अचानक मेरे टीचर घर आये और पापा से बोले आप प्रिया के पापा हो ।पापा ने कहा हां सर् ने बोला आपकी बेटी अब गवर्मेन्ट टीचर बन गयी है उस दिन शायद ही पापा ने घरवालो।के।सामने मुझे गले से लगाया और फक्र से बोले कौन कहता है बाप से या ससुराल से बेटियों का वजूद है, अगर घरवाले एक बेटी को बेटे जैसा प्यार व सम्मान दे तो बेटी अपने पिता का वजूद बनती है और समाज अब भी वक़्त है बेटियों को चारदीवारी से बाहर निकाल कर तो देखो वो तुम्हारा वजूद न बन जाये तो कहना सभी सुनो जरूरी नही हर बेटी का वजूद पापा से हो कुछ पापा का बजूद उनकी बेटियां भी होती है

खुद का वजूद हूँ मैं

जब जन्म हुआ तो सबने मुह बनाया था
ये कौन था जिसने लड़के लड़की में भेद बनाया था
अरे समाज के कीड़ों तुमने कैसे लड़कियों को कमज़ोर समझ लिया
जब जब मर्द पीछे हटा है
तब तब औरत ने अपना हाथ बढ़ाया है
बेटे घर के वंश है कौन है जिसने बेटियों को पराया धन बताया है
जन्म लिया तो खुद के माँ बाप ने भी कोसा है
बेटे के जन्म पर उत्सव बेटियों के जन्म
पर ज्यादातर सबने शोक मनाया है
ऐसा कौन था जिसने बेटी से ना प्यार जताया है
क्यों वजूद नही बेटियो का बेटो जैसा क्या बेटा
ही अकेला घर का उजाला है
लड़कियों ने कब घर में अंधियारा फैलाया है
नाम वजूद सब पापा ने बेटो को दिया क्यो
उसे घर का कुलदीपक बताया है
बेटीयों ने क्या छीन खाया समाज का जो
ससुराल में भी न कोई उनका वजूद बनाया है
वो कौन था जिसने बेटियों को ही अपना दुश्मन समझा
बेटियां ही समाज है बेटियो से ही समाज आया है
आदमियों ने की बस राजनीति ।
औरतो ने अनपढ़ हो कर भी अपना बच्चा पढ़ा लिखा बनाया है
सबसे यही प्रार्थना करूँगी बेटा अगर वंश है तो वो वंश बेटी से आया है
आदमियो को जरूरत है औरत की मगर औरत
 उतरी जब जब मैदान उसने खुद अपना वजूद बनाया है ,
खुद वजूद बनाया है

OM Godara

प्रतिबिम्ब : एक अहसास

कायम है वो
प्रतिबिंब तेरा
जो देख सकता है
जहाँ सारा पर .....
पढ़ना है फितूर मेरा
गर्दन झुकी सी
पर...
नजर उठी सी
थोड़ी सी मेरी ओर
अपनी ओर भी
थोड़ी सी
कुंतल बंधे से पर...
कुछ खुले से कई
राज छुपाए हुए
सब कुछ भूले से होठ
सिले हुए पर...
कुछ फैले हुए शहद की
बूंद के साथ लालिमा
लिए हुए
कदम ठिठके हुए पर ...
कुछ बढ़े हुए मेरी
तरफ से कुछ दूर जमाने से
भयभीत हुए कमर
लचकाती हुई पर...
कुछ शर्माती हुई पास से
गुजर जाती थी गर्म
सा अहसास देती हुई

मेरी प्रज्ञा

टूटा हूँ अभी,
गिरा हूँ,
भटका हूँ
पथ से बिखरा तो नहीं;
ज़ख्म गहरा तो है
(दर्द भी) सहन करूँगा;
शब्द तुम्हारे अनुसरण मेरा;
व्यथा मेरी नहीं गाऊँगा
कभी महफ़िल में
यकीन है
अभी उठूँगा,
खुद ही कदम बढ़ाऊँगा,
पहुँचूँगा मंजिल पर जो बनाई है
तूने मेरे लिए छोटी हो
अभी फिर भी बड़ी हो
कुछ अर्थों में क्योंकि
तुम मेरी प्रज्ञा हो

Manju Gautam

मै उन लहरों के बीच रहूं,

निर्मल जलधारा जहाँ बहे ।

खुद की परछाई देख सकूं ,

आशा का दर्पण साथ रहे ।।

जब आसमान हो मुट्ठी में,

पलकें जग सारा भ्रमण करें ।

हर तारा को छूकर निकलूं

बस चाँद हमारे साथ रहे ।।

कंचन नीर बहे मन ऊपर ,

हृदय तरंगो संग उछले ।

जीवन जलमाला से होकर ,

कलित सिन्धु बिच जाके मिले।

पुष्पवाटिका में खिलकर ,

उपवन गलियारा महकाऊँ।

इन्द्रधनुष के रंग समा,

नये रंग मे ढल जाऊँ ।।

वर्षा की नन्ही बूंदे बन ,

शीतल -समीर संग उड़ जाऊँ ।

व्योम-मेघ के कन-कन मिल,

सारे मण्डल में छा जाऊँ ।।

कब से बैठी नदी किनारे ।

कब आओगे मिलने मुझसे ,

पलकें पल-पल तुझे निहारे ।

गागर में जल भरकर बैठी ,

मटकी फूटे तेरे कंकड लोरे ।

तरुवर में चढ़ कोयल कूके,

अब तो सुन संदेश हमारे ।

गोधूलि की बेला आ गयी,

नयन थके डब-ढब जल डारें ।

मेरे घट अंतः रहने वाले अब

तो आ जा नंद के छोरे ।

Roopshikha Sharma

मेरी छवि

हां ये सच है

सबका अपना -अपना वक़्त है

कभी किसी ने नाम बनाया

कभी किसी ने नाम बनाया

हर किसी की एक ही चाहत

अपना वजूद न हो कभी आहत

कुछ तो जंग में करना होगा

अपने लिए सोचना होगा

एक ध्येय बनाकर चलना

पूरा करना है अपना

सपना एक दिन ऐसा भी आये

अपना अलग अस्तित्व बन जाये

नहीं दरकार ज्यादा कोई जाने

बस हसरत मेरी पहचाने

समाज में छवि बने मेरी ऐसी

पहचान मिले मुझे मेरी छवि जैसी

वजूद

क्या है मेरा और मेरे जीवन

में क्या है तेरा .

कठिन है पर ये सच है

साथ चलते -चलते सफर में खो गयी

मेरा वजूद ही मेरी रुसवाई बनकर रह गयी

मेरे भी सपने थे , मेरी भी इक्षा थी

मेरा वजूद बने बस इतनी सी प्रतीक्षा थी

वजूद के सफर में कुछ बढ़ी

वैसे ही जीवन में आयी एक और घड़ी

वजूद जुड़ा मेरा तेरे वजूद के साथ

मैं हर राह में खड़ी रही तेरे साथ

अब समझ चुकी थी मैं भी धीरे-धीरे

मैं कहीं खो गयी थी

होकर खुद से पराई तेरी मैं हो गयी थी

Anshu Mishra

अस्तित्व की रक्षा

अपने अस्तित्व की रक्षा कुछ इस तरह करुंगी
कहो पराया तुम मुझे इससे पहले मैं तुम्हें अनजान करूंगी....
तोड़ा है तुमने ये विश्वास मेरा जो तो
अब किसी पे ना एतबार करूंगी,
कहा है गलत तुमने मुझे, तो गलत ही सही
अब इस गलत को सही साबित ना करुंगी
कहो पराया तुम मुझे इससे पहले मैं तुम्हें अनजान करूंगी....
हर दफा की है तुमने जो बेवफाई मुझसे अब किसी से
भी वफा की उम्मीद ना करूंगी
बहुत कोशिश की है रिश्ते को बचाने की मैंने
अब कभी किसी रिश्ते को बनाने की कोशिश ना करूंगी
कहो पराया तुम मुझे इससे पहले मैं तुम्हें अनजान करूंगी......
कोशिश की तुमने बदलने की मुझको पर कभी
अपने वजूद को मिटने ना दूंगी
दी है तुमने बहुत सी चोट इस मन को मेरे
पर अपने आत्मसम्मान को चोट पहुंचाने ना दूंगी
अपने अस्तित्व की रक्षा कुछ इस तरह करूंगी
कहो पराया तुम मुझे इससे पहले अब मैं तुम्हें अनजान करूंगी.....

Shilpi Patel

तुम मेरी पहचान हो |

तुम मेरी पहचान हो, मैं तुम्हारी परछाई,

तुम मुझमें एक अहसास हो, मैं तुममें एक तरुणाई,

तुम एक उजली सुबह हो, मैं उसकी एक किरण नयी,

तुम मेरे जीवन की बीज हो, मैं नयी सी कोई कोपलाई,

तुम मेरे प्राणों की पहली सांस हो,

मैं उसकी धड़कन अनजानी तुम जीवन का पहला उपहार हो,

मैं उसकी अल्हड़ सी अंगड़ाई

तुम एक सुनहरी सी धूप हो, मैं उसके लिए लालसाई,

तुम एक मध्यम सुर हो, मैं उसकी प्यारी बोल कोई,

तुम पापनाशनी गंगा हो, मैं उसमें उजली होती मनुज कोई,

तुम सात रंगों का इंदरधनुष, मैं उसमें मिलती निगार कोई,

तुम हम सब में घुलती मिठास हो, मैं उसकी एक बूंद कोई,

तुम मेरा आधार हो, मैं इस निर्जन में निराधार कोई,

तुम मेरी पहचान हो, मैं तुम्हारी परछाई |

Tilak Dixit

But therefore meanwhile When I was 5 I saw TV for the first time But I did not know how people get inside I was fascinated by songs shahrukh salman. Therefore i was more interested to watch TV More than my other mates Meanwhile my parents started searching a good school for me our family had a legacy to maintain and I appeared a bit out of box to them. When i was 10 I was not a studious guy from childhood I used to pass marginally, i always liked the world outside books and class room But i was in a convent disciplined school so was always told to study hard Yeah they were right but i had difficulty in reading also people had difficulty understanding me Therefore i missed evening play with friends Because homework was not finessed at a point I didn't had any school friends Meanwhile my brother joined graduation and my only partner in crime went out of home I cried that day a lot

When I was 15, I participated for the first time on stage for singing performance, our team got 2nd prize and I got a certificate I was really happy But next class I was handed over my math exams number I failed the exam for the first time did not had courage to tell my mom dad but somehow did, then whole week my result was discussed but not my certificate of winning Therefore my parents got a home tutor for me. I still managed to pass marginally also still didn't had any friends. Meanwhile my neighbor's child of same class got 94percent. I felt like a bomb stiked that day because I saw two head down just because of a piece of paper. When I was 20, after somehow clearing school I got into college I meet Nipurna in my class I felt breeze for the first time. I somehow managed to talk to her. We had first date and mobile call one day. That day I went to drop her home. But four other batch mates liked her. So one of them came to her and said something about me. I still did not knew the reason she stopped talking to me the day after. Therefore I went back to studies I topped for the first time in life I was happy. Soon I became famous again by piece of paper.

When I was 25, after my graduation I was told to meet a girl in our community for marriage I did not knew how to approach her what to tell her about my self. But the day I meet her I forgot to cut my footnails I was hiding my footnails from her all the time. My mom told us to meet and talk Therefore we went inside for 11minutes and I was sure that I will marry this girl. I told my parents about my decision. Meanwhile for two months I did not knew what the other party felt. I felt as if I got rejected. But soon I knew I was selected. When I was 30 I was happily married to that girl. I tried to keep her happy by all means. But I failed to do postgraduate so did not got job upgrade so she suffered a lot due to lack of money Therefore I went to prepare and give exams but unfortunately failed In our society results are one which if comes in your favor people take suggestions but when it comes unfavorable you take suggestions from any person of any age Meanwhile I saw eyes rejecting me often even my soul mate...... But I thanked lord that day because I realized one thing that I m important to myself rest all is subject to situation, people love me because of situations and not because of my heart. No one will care of your emotions. But this should not stop me from doing good. Story is to be continued ..

Sneha Pareek

वो चीखें भूलकर भी नहीं भूल पाती हूँ

किसी बच्ची की रोती आवाज सुनकर ,
दहला उठती हूँ माँ के छूने भर से, सहम -सी जाती हूँ
क्या हैं ना लड़की हूं,थोड़ी घबरा जाती हूँ
एक पल अँधेरा हो जाये ,तो किसी कोने में छिप जाती हूँ
बहुत कुछ कहना चाहती हूँ,फिर भी कह नहीं पाती हूँ
कोख़ में ही मार दिया होता माँ, ये सवाल मैं उठाती हूँ
झांसी की रानी बनना चाहूं तो, सरिये से मार दी जाती हूँ
अगर अपना पहलू रखूं तो, तेज़ाब से जला दी जाती हूँ
निर्वस्त्र ना कर दी जाऊं, इस डर से घबराती हूँ
ढक लूं जिस्म वस्त्रों से,फिर भी गन्दी नजरों का शिकार हो जाती हूँ
घर की चारदीवारी में भी, महफूज नहीं रह पाती हूँ
पराये उन दरिंदों से ज्यादा तो ,अपनों से ही डर जाती हूँ
सुनसान सड़क पे अकेली दिखूं ,तो हैवानियत का शिकार हो जाती हूँ
आख़िर ऐसा क्यों हो रहा हैं, रब से गुहार लगाती हूँ
दुनिया की इच्छा हो, तो ही पैदा की जाती हूँ
उन हैवानों के हाथों से ,अक्सर मैं नोंच ली जाती हूँ
गर कर लूं उनका सामना तो , नंगे बदन गाड़ी से फेंक दी जाती हूँ
बिना किसी गलती ही ,जिंदा जला दी जाती हूँ
फिर इस ज़ालिम दुनिया द्वारा,वीडियो में कैद कर ली जाती हूँ
मदद की गुहार लगाऊं तो भी,किसी का साथ नहीं पाती हूँ
चाहूं गर मैं आवाज़ उठाना,अपनों द्वारा ही चुप करा दी जाती हूँ
किसी की चीख़ सुन लूं तो, अंदर से दहला उठती हूँ
भूलकर भी उन चीख़ों को ,मैं भूल नहीं पाती हूँ ।

छोड़ना पड़ेगा आखिर, एक दिन इस जमाने को

जी ले अपने आज को ,और कह दें अपने यारों को

आख़िर छोड़ना पड़ेगा,एक दिन इस ज़माने को...

अमीरी-गरीबी के नजरिये से,देखो न इस ज़माने को

धन-दौलत में तू मुसाफ़िर, मशगूल न हो जीने को

अपने ज़मीर में झाँक ,कैसा रच रहा तू इस जौबन को

छोड़ना पड़ेगा आख़िर, एक दिन इस ज़माने को...

ईर्ष्या -द्वेष में पड़कर ,तू भटक ना अपने पथ को

तू राही अपनी मंजिल का ,क्यों देखें किसी ओर की मुक़द्दर को

अगले क्षण का पता नहीं,तू सोचे आजीवन को

एहतियात रख,छोड़ना पड़ेगा एक दिन इस ज़माने को...

इस पाकीज़ा जिंदगी में, बस मिन्नत कर उस रब से

बाकमाल ये गुजर जायें, बिना किसी हश्र के वरना बदहाल हो

जायेगा,गर ईर्ष्या भरी मरासिम में जाना तो तय हैं ,

छोड़कर इस जमाने को क्यों न दिल से जी लिया जाये,

इस हसीन ज़माने को ।

Kuldeep Mishra

माँ तुझसे ही है जहाँ मेरी, माँ तू हु तो है दुनिया मेरी

तूने अपने से एकपल जुड़ा न किया

खुद से ज्यादा प्यार तूने मुझसे किया

जो भी मांगा मैंने तूने मुझको दिया

मेरी सारी बलाये अपने पर ले लिया

तेरा कर्ज न कभी चुका न पाउँगा

मैया मेरी माँ तुझसे ही है.............................

माँ हर जनम मुझे ही लाल अपना बनाना

दिल मे कही रह गयी जो तुझे था दिखाना

तुझसे तो सुना था, अपनी भी तुझे मुझे था सुनाना

अब लिखा क्या तेरे लिये ममत्व से वाकिफ़ है सारा जमाना

तुझे ताउम्र न भूलूंगा जननी मेरी.........

माँ तुझसे ही है दुनिया मेरी........................

तेरे अंक में मानो जहाँ मिल जाता

तुझे देखे बिना दिन में चैन न आता

तेरी हाथो की खीर अब बहुत याद आता

कितना अच्छा हो समय जो वापस लौट जाता

माँ तुझसे ही है………

माँ

माँ के क़दमों में ज़न्नत है, माँ से ही सारा जमाना
सेवा गर न हो पाए तो फिर भी दिल न कभी दुखाना
पहली बार रोते हुए मुस्काई थी
माँ सीने से हमको लगाई थी
माँ ख़ुद सो जाती थी गीले बिस्तरों पर
सूखे में हम लोगो को सुलाई थी
माँ जीवनभर माँ ने कभी पुकारा भी नही
बेटा लाल बाबू के अलावा पुकारा भी नही
छोटे छोटे गलतियो पर डालती रही पर्दे
पापा से कभी गलतियो को बताया भी नही
एक रोटी मांगों वो दो लाकर देती है
सारे द्ःख दर्द अपने सिर ले लेती है
माँ के ऋण को "कुलदीप" न चुका पाओगें
बिन मांगे लाखों दुआयें वो देती है माँ के कदमों में ज़न्नत है,
माँ से ही है सारा जमाना सेवा गर न हो पाए तो
फिर भी भूले से कभी दिल न दुखाना!!

Kisu Raj

दफन कर आया है उसे अपने दिल के किसी कोने में,

कलम की स्याही में उसका वजूद जिंदा है,
अज़िय्यत कहूं या कहूं उसे सितम गार..
जा रहा था मैं जिसे लिए जीवन के उस पार...
बेवफा कहूं या कहूं वक्त की बेवफाई,
मिली थी बस दो पल को, मैंने खुद की जिंदगी दांव लगाई...
कभी पूछा भी नहीं खुद से कि क्या कर रहा हूं मैं,
न जाने किस ओर बह रहा हूं मैं,
बहते बहते शायद आ गया हूं बहत दूर,
अब जाकर पता चला है मुझे मेरा कसूर...

खुद की वजूद की तलाश में लिखने बैठा हूं,

फिर भी लफ्ज़ों में जिक्र उसका है...
जानता हूं यह दुनिया किसी की नहीं,
न जाने यहां कब कौन किसका है!
क्या था मैं कभी सोचा नहीं,
क्या हूं मैं ये समझना है...

खुद के वजूद को ढूंढने के लिए,
अब मुझे खुद से लड़ना है!

Amit Sanga

"वो मेरा किराये का कमरा है"

वो मेरा किराये का कमरा है जो इस अनजान से शहर में मेरे साथ रहता है,,, इस अनजान से शहर में अगर कोई अपना से लगता है तो वो मेरा किराये का कमरा है।जिसमे में पिछले तीन सालों से राह रहा हूँ। ज्यादा बड़ा नही है। लेकिन जरूरत के हिसाब से बिल्कुल सही है । मैं उसे बहुत कम ही अकेला छोड़ता हूं क्योंकि उसका मेरे शिवाय ओर मेरा उसके सिवाय कोई नही है । उसे मुझसे कभी कोई शिकायत नही होती और ना ही कभी वो मुझसे परेशान होता है। वो मेरा किराये का कमरा है जो इस अनजान से शहर मैं मेरे साथ रहता है,,,,,,,,, वो कभी कुछ बोलता नही है हमेशा खामोश रहता है लेकिन मुझे लगता है वो मेरी सारी परेशानियों को अच्छे से समझता है । क्योंकि जब मैं बाहर से उदास आता हूँ और रात को बेचैन सोता हूँ लेकिन सुबह जब भी सुबह मेरी आँख खुलती है तो एक अलग ही सुकून महसूस करता हूं तो लगता है जैसे इस तरह ना कोई मुझे समझता था ना ही कोई समझता है । वो मेरा किराये का कमरा है जो इस अनजान से शहर मैं मेरे साथ रहता है,,,,,,, लेकिन हां गर्मियों में थोड़ा परेशान करता है अगर खुद धूप में तपता है तो मुझे भी तपाता है । कभी कभी सोचता हूँ छोड़ दूं इसे लेकिन फिर याद आता है कि यही तो है इस अनजान शहर में मेरा अपना जिसने मुझे पूरी तरह से अपनाया है । बाकी तो हर किसी ने ठुकराया है ।खैर कुछ तो बात है इसमें जो हर रोज़ मुझे रोक लेता है । वो मेरा किराये का कमरा है जो इस अनजान से शहर मैं मेरे साथ रहता है,,,,,,, और हां सबसे जरूरी बात यही तो है जिसमे रहकर मैंने बहुत सी कामयाबियां हांसिल की हैं ।इसके अंदर होता हूँ तो खुद को बेहद महफूज़ पाता हूँ क्योंकि इसके बाहर निकल के मेरे लिए थोड़ा मुश्किल होता है ये समझना कि कोन अपना कोन पराया समझता है ।मुझे पता है कि एक दिन तो हम दोनों को अलग होना ही है लेकिन तू फिकर न कर में तुझे भूलूंगा नही क्योंकि मैंने तुझे अपना दोस्त बनाया है और वैसे भी में चाहूँ तो तुझे भूल नही सकता क्योंकि तेरे साथ मैन अपनी ज़िंदगी का खूबसूरत वक़्त बिताया है और तुझसे मेरी बहुत सी यादें जुड़ी है जिन्हें मैन अपने दिल में कैद कर रखा है । खैर शुक्रिया दोस्त इस अनजान शहर में तुमने मुझे ऊना समझ और रहने के लिए जगह दी। और हाँ ये एहसान तुम्हारा शायद मैं कभी ना उतार पाऊँ लेकिन हाँ वादा है कि तुझे भूलूंगा नहीं । कहीं ना कहीं तु मेरे दिल में बसता है । वो मेरा किराये का कमरा है जो इस अनजान से शहर में मेरे साथ रहता है,,,,,,,,,

Ritu Anand

हां.. बेशक तुम, बनो विद्वान।

पर सबसे ज्यादा जरूरी है बनना संस्कारवान।।

निश्चित मिलेगा तुम्हें, मेहनत का फल पूरा-पूरा।

बशर्ते बनना होगा, तुम्हे थोड़ा सा धैर्यवान।।

छोड़ो, निज स्वार्थों की तुम राग।

बनो, वसुधैव कुटुंबकम की पहचान।।

हौसला रखो, मुश्किल में हरदम।

बनो मजलूमों के, अश्कों की मुस्कान।।

ना झुके सर किसी का, कभी तुम्हारी वजह से।

बनो घर, गली, गांव और देश का सम्मान।।

पड़ेगी जरूरत तुम्हें, बहुत इस दौर में।

इसीलिए वक्त कर लो, ईश का भी गुणगान।।

खुद को कभी अपने आप से, मिलाना होगा।

ख्वाबों को उनकी हकीकत से, मिलाना होगा ।।

देख दूसरों की बुलंदी, खुद को अदना मत समझो ।

हर शख्स में होता है कुछ खास, ये दिखाना होगा

क्या कहते हैं क्या करते हैं, क्या सोचते हैं लोग ।

किसी मुकाम पर पहुंचने के लिए, ये भुलाना होगा ।।

जो करना है कर गुजरो, आज इसी पल में ।

वक्त रहेगा हरदम साथ, ये भ्रम मिटाना होगा ।।

भटक गए हैं, जो राह-ए-जीस्त से ।

देकर आवाज उन्हें साथ, बुलाना होगा ।।

मांगो औरों के लिए भी, कभी दुआओं में अपनी ।

मिलेगा तुम्हें भी बेहिसाब, ये बताना होगा ।।

गर मरने के बाद भी, चाहते हो जीना ।

तो औरों के लिए भी, ये जीवन बिताना होगा।।

Rubiya Godara

"खुद से रूबरू करवा दिया"

जिंदगी कहीं लुप्त सी हो गई थी

जब मैं बस चुप सी ही रहती थी

खो गई थी वो बचपन की नादानियां वो

प्यारी सी मीठी- मीठी शैतानीयां

ना ख्याल था मुझे खुद के होने का

ना मन था किसी से कुछ बोलने का

जीवन मेरा कुछ क्षण रूक सा गया था

पर कान्हा जब से आप मेरे जीवन में आए हो

संग अपने हर एक खुशी को लाए हो

जिंदगी की इस भाग- दौड़ में आपने

हकीकत का आइना मुझे दिखा दिया है

खुली आँखों की नींद से मुझे जगाया है

वो चंचलता मेरी लौट आई है अब फिर

बचपन जैसा लग रहा है सब हंसने- गुनगुनाने लगी हूँ

मैं पहले जैसे शुक्रिया आपका अदा करूँ

मैं कैसे जीवन फिर से मेरा खुशहाल हो गया

आपके नाम से मेरा नाम हो गया

अब हर सुबह सुहानी लगती

है जिंदगी ये खूबसूरत कहानी सी अब मुझको हकीकत लगती है

हर ख्वाब मुक्कमल होने लगे है हम अपनी ही एक प्यारी

और छोटी सी दुनिया में खुशी से जीने लगे है

अब फर्क़ नहीं पड़ता बैगानो की बातों से आपका नाम प्रिय हो गया

इन कानों को मेरा अस्तित्व आपने कुछ ऐसा बना दिया

मुझको मुझसे ही है आपने मिलवा दिया

जो मुझको आपने नेक इंसान बना दिया

जीवन का उद्देश्य याद है दिला दिया

Rahul Gupta

ख़्वाब

तुम मेरे स्वरों की आवाज़ हो

तुमको खो दूंगा,

तो कुछ बोल न पाऊँगा

बिन तेरे फिर मैं कहीं खो जाऊँगा।।

यूँ ही बस मुझे तेरे पास रह जाने दो,

कुछ ही सही पर थोड़ी बात तुझसे कह जाने दो

तुम खामोश रहना,

मोहब्बत का इज़हार मुझे कर जाने दो,

ख़्वाबों में ही सही पर तेरा हमसफ़र बन जाने दो..।।

तू

अब भी मुझे मेरे सामने दिखती है

तेरी धुंधली सी यादें मेरे ख़्वाबों में रिझतीं हैं,

तुझे भूलना चाहूँ जितना,

तू उतना ही मेरे पास दिखती है।।

JAYANT

वजूद

सब कहते है मै अच्छा हूँ
हर किसी के दिलों में बसता हूँ ।
क्या कमी थी जो सब छोड़ चले है
क्या कहीं और भी जा कर बसें है ।
हर वो शख्स मेरा " वजूद " देखता है
क्या इतना शक करना सही लगता है ।
अगर इतना शक करना सही लगता है
तो "जयंत " कहता है
तुमसे दिल लगाना महज धोखा है

वजूद

नयनों की ये पलके झपका के तो दिखा है

मानव तू ये भी ना कर पाएगा ।

उस दीनानाथ के कारण ही तेरा वजूद है

उसके बिना कही का ना हो पाएगा ।

ये दुनिया ये महफ़िल सब के सब स्वार्थी है

कोई भी तेरे साथ ना आएगा ।

मरने के बाद भी होगी कुछ को जरूरत नही

तो " जयंत " अंत कैसे पाएगा ।

Geeta Dwiwedi

रिश्ते

मकान में दरार देख,

उसके दरकने का भय सता गया

सोचकर उसकी पुनर्संरचना मन

दुविधा से आकुल -व्याकुल हो गया ।

मन मे कौंधा विचार,

यूंही परिवार रिश्तों में पडती दरार ।

जिसे चाहकर तोड नही पाते,

स्नेह की डोरी से जोड़ नही पाते ।

आज नहीं प्यार का मन से मन का

समर्पण अपनो के लिए सर्वस्व अर्पण

अब तो सब रिश्तो की नाप तौल करते हैं

पाई रत्ती का हिसाब रख रिश्ते निभाते हैं

अपनो का अपनो के लिए सर्वस्व अर्पण

अब इस भाव का तो हो गया तर्पण ।

आज समाज का यही दस्तूर

रिश्तो के पीछे भागना अब तो मन का ही फितूर ।

वजूद

बहती हुई नदी,

अपनी धार नहीं रोकती ।

किनारों के साथ जुड़ा

अपना प्यार नहीं तोड़ती ॥

किन्तु हम अपनीमिट्टी से दूर,

वजूद को तलाशने निकल पड़े ।

किसी ने ख्वाबों में,

किसी ने किताबों में ।

जारी रखी तलाश, मिला ना कहीं आस -पास ॥

सब ढूंढ़ते इधर उधर, छिपा वह मन के अंदर ।

खुद को तराश लो, सभी को स्वीकार लो ॥

समाज को निखार दो, राष्ट्र को संवार दो ।

हांफती भागती ज़िन्दगी के, सच को स्वीकार कर ॥

वजूद की तलाश को, यहीं कहीं विराम दो ॥

ज़िन्दगी को वार दो, ज़िन्दगी संवार लो

Kumar Sujay

कारण मेरे वजूद का ।

आज बताना है मुझे ,

याद रखना होगा तुम्हे ।

किसी एक के लिए तुम आपनी ज़िन्दगी बर्बाद करोगे ,

एक कारण बताता हूं तो तुम आपनी ज़िन्दगी सवार लोगे की,

(Sunsets are the proof that end can be beautiful.)

फिर , आपनी ज़िन्दगी का एक मकसद बनाओ की,

तुम उसकी औकात उसको दिखाओ।

अरे गम में तो सभी रहते है ,

गम से निकलने वाले को ही बाज़ीगर कहते है।

ज़िन्दगी में मत भूलना वो खुशियों के पल,

और बीते हुए वो सारे कल ।

मत भूलना उन लोगो को, साथ ही उन दोनों को ।

मेरी जान ,मेरे भगवान बस थे दो ही इंसान ।

मां की ममता को में लिख नहीं सकता ,

पिता के मेहनत को में बोल नहीं सकता ।

हमारे पल के लिए इन्होंने सपना पल कुर्बान किया

पर तुम्हे कभी हैरान नहीं होने दिया ।

हमने ज़िद की जिसकी वो चीज हमें मिली ,

सब दुख दर्द भुला कर हमें सरी खुशियां दी।

लाइफ के चैप्टर्स में एक चैप्टर इन दोनों का भी है,

जिस चैप्टर का मेरे लिए कोई एंड नही है।

काश वो doremon का टाइम मशीन मेरे पास भी होता

तो वो जब भी मेरे से दूर जाते तो में उन्हें आपने पास बुला लेता ।

अकेला हो जाता हूं ,जब उनको अपने पास नहीं पता हूं।

पर हद से ज़ादा खुश हो जाता हूं जब उन्हें हसता देखता हूं ।

..........और हां..........

"ये जो वजूद है मेरा ,कारण इसका वजूद है उनका "

Shikha Dwiwedi

वज़ूद

मैं तो मैं ही नहीं रही
मैं अकेली स्तब्ध सी खड़ी
मेरी परिभाषा ही बदल गई
एक जिंदादिल हँसती सी छवि मेरी
मैं जिंदा लाश बन गई
संसार के इस मेले में
भी मैं तो अकेली ही रह गई
मेरा औचित्य ही नहीं कोई
मेरा वज़ूद भी नहीं कोई
मेरा खुद का अपना परिचय भी नहीं कोई
मैंने आज तक नहीं दी किसी को ख़ुशी कोई
मेरे कारण मेरे अपनों को बेहद परेशानियाँ भी हुई....
मुझे नहीं याद मुझसे आजतक कोई हुआ हो सन्तुष्ट
मेरे अपनो के लिए मैं एक नासूर सी हो गई.
मेरा अपना वज़ूद ही नहीं कोई।

मेरी अमानत

मैं जैसे उसकी विरासत हूँ

और वो मेरी.. जैसे अमानत हो।
ऐसा हक़ उसने मुझपे जताया मैंने भी,
उसको अपनी अमानत की तरह सम्भाला..
मेरा उसका रिश्ता ही है अनोखा
साथ रहने पे बहनों सा झगड़ना
दूर होने पे बिलख बिलख रो पड़ना
पास रहने पे दुश्मन बन लड़ना
दूर रहने पे हर पल फिक्र करना
मैं जैसे उसकी विरासत हूँ और वो मेरी
जैसे अमानत हो पर गीता में लिखा है
न क्या लेकर तुम आए थे क्या लेकर तुम जाओगे

वक़्त आ ही गया मेरा हाथ जैसे खाली हो गया...

मुझसे मेरी अमानत वो लेने आए हैं

पर खुश हूँ,मैं बहुत खुश हूँ

भगवान के भेजे हुए वो दूत होंगे जो

उसको सहेज के अब रक्खेंगे

उसके सुख दुख में सब उसके साथी होंगे

उसको अब जानेंगे और समझेंगे,,,

भोली -भाली ,अल्हड़ सी ,

प्यारी सी हम सबकी जान ,,,,

मेरी बेटी को अपनी बहू बनाएंगे,,,

बहु को बेटी,,, वो फिर मानेंगे,,,,

जो बन सका,वैसा मैंने सम्भाला,,,

अब आप लोग मेरी अमानत को संभालेंगे,,

जिसको दे रही ,,वो भी अच्छे जौहरी होंगे

तब तो वो ये हीरा तराशेंगे,,,

भगवान को दिखा होगा कोई मुझ सा

तभी तो भेजा ये प्यारा सा रिश्ता बिल्कुल जैसे हो कोई फरिश्ता,,,

उनसे मिलके मुझे लगा बिल्कुल अपना सा

बहुत बहुत भगवान की शुक्रगुज़ार हूँ

जोड़ियां ऊपर वाला ही बनाता है जो जैसा है..

ऊपर वाला ही मिलाता है मेरी दुआ है ये भरपूर,,

मेरी बेटी दामाद अब कभी न रहें दूर

उनके जीवन में खुशियां ही खुशियां हों.

उनका प्रेम ऐसा हो जैसे दिया संग बाती

जैसे कृष्णा संग राधा उनको कभी न हो कोई पीर,,,

अब बस वो सब हों उसकी जागीर,,,

मेरी बेटी की संवर जाए तक़दीर,,

Vidhu Mishra

"मेरा वजूद मेरी ही जुबानी"

लिख रही हूँ मैं खुद से मेरी जिन्दगानी,

सुनो क्या है? मेरा वजूद मेरी ही जुबानी।

फितरत नहीं है हर किसी के आगे सर झुकाना,

दुनियां की बन्दिशों में यूँ खुद को जकड़ जाना।

लिखे है मैंने खुद की जिंदगी के अफ़साने,

दुनिया को पीछे छोड़कर ढूंढे है,जीने के नये बहाने।

मेरी हर खूबी में बसी है, मेरी खुद की जिन्दगानी,

सुनो क्या है? मेरा वजूद मेरी ही जुबानी।।

"वजूद स्त्री का

स्त्री की खामोशी को यूं उसकी कमजोरी मत समझना,

उसके वजूद को यूं बेफजूल मत समझना।

कभी माँ, कभी पत्नी बन हर रिस्ता निभा जाती है वो,

तुम्हारी एक मुस्कान पर हर गम भुला जाती है वो।

ए गर्दिश के सितारों तुम स्त्री को पहचानों,

थोड़ी कद्र करो उसकी,उसके वजूद को भी जानो।

ये जानते है लोग कि स्त्री ही संसार की डोर है,

फिर क्यों कहते है लोग की स्त्री कमजोर है।

Kalpana Shukla

हमसफ़र

चांदनी रात थी चमकते हुए तारों को

अपलक नेत्रो से निहार रही थी ।

तभी दूर कहीं एक टिमटिमाता हुआ तारा नजर आया ।

यू तो हम अकेले थे पर हमसफ़र याद आया ।

जिन्दगी के सफर मे तलाश थी हमसफर की ।

जीवन के गीत में प्रेम राग भरने की ।

जीवन एक प्रार्थना है आँख मूंद करती हूं

सुख और आनंद की अभिलाषा करती हूं

टिमटिमाते तारे सी जिन्दगी है मेरी

जीवन के सफर मे हमसफ़र की तलाश थी ।

हमसफ़र की तलाश थी ।।

बचपन के दिन

उषा की स्वर्णिम लाली,

नित नया सवेरा लाती है ।

चिड़ियों का चू चू कलरव,

ह्रदय प्रफुल्लित कर जाती ।

तिनके तिनके की तृष्णा मे,

हम भूल गए बचपन के दिन ।

हम भटक गए इस जीवन मे

सुख शांति व्यवस्था के पल छीन बीते

बचपन की आहट से दिल तार तार हो जाता है ।

वो बाबुल की मीठी गलियाँ, वो पीपल की ठंडीछैंया ।

ममता के आँचल की शैया सब बिछड़ गया

एक सफ़र नया ।

बस एक यही वजूद मिला ॥

Devansh

मैं कारीगर हूँ साहब

अल्फ़ाज़ो की रेत से महफिलें बनाता हूँ

कुछ को बेकार

तो कुछ को कलाकार नजर आता हूँ।।

हे बिहारी जू

ये रुतबा मेरे सर को तेरे दर से मिला है,

और ये सर भी तो तेरे दर से मिला है।

लोग कहते हैं सब मुकद्दर से मिला है,

मुझे तो मुकद्दर भी तेरे दर से मिला

Shubham Sharma

तेरा वजूद

तेरे वजूद से तू खुद अनजान है,

आखिर तू मेरे लिए क्यों खास हैं!!!

यहाँ है तो कई हुस्न-ए-दीदार के काबिल,

आखिर तेरा दीदार ही क्यों खास हैं!!!

रूह को छू जाने वाली तेरी मुस्कान,

आखिर ये मुस्कान क्यों खास हैं!!!

इस मुस्कान के कर्जदार है कई,

आखिर इनमें हमारी वफादारी क्यों खास हैं!!!

तेरा किसी के साथ बात करना,

आखिर वो बात क्या खास हैं!!!

ये सोच कर परेशान होना,

आखिर हमारी ये परेशानी क्यों खास हैं!!!

तेरा कुछ बातों पर उदास होना,

आखिर उन बातों से हमारा दूर होना क्यों खास हैं!!!

तेरे वजूद से तू खुद अनजान है,

आखिर तू मेरे लिए क्यों खास हैं!!!

Ayesha Shaikh

Verses of Love:

What is love, I ask slightly tilting my head, gazing at him intently waiting for him to answer looking at me amusingly, he asks have you ever felt love? I am not sure, I answer taking a deep breath, he explains from the deepest core of his heart, these novels and movies, I do not understand them how can you hurt someone you love, I cannot even imagine, you see, our generation has molded the definition of love into their meanings in of life, you will meet a lot of persons, most of them will claim to love you, but not everyone does so, truly loves you, some people utter only lies and nothing else, because they like the attention you'd give them, they like the way you feel towards them, and when the realization finally dawns upon you, you realize how idiotic you indeed were to think your feelings were mutual, to think he felt about you too, the way you felt about him, they will make you believe that you were in love only to leave you begging for more, there are trillions of people in this world if someone couldn't love you, does not mean somebody else won't, some people in this world, are searching, are praying for a love like yours, and love is not something that hurts, nor does it leaves you feeling empty or hollow love is the nourishment of one's soul and the healer of all wounds, it leaves you feeling happier than before, and makes you want to dance in the rain, you shed tears only of happiness and not of pain, and only in the heart of beloved can one see himself truly, and if someone hurts you intentionally, and calls it love, let them go, because love is not something that hurts, love is enlightenment love hugs your heart, protecting it at all costs, it does not break it, nor does it let it slip away, and if love could define in one word, it would be "calm." if you are ever fortunate enough to find someone who makes you feel calm, someone who makes you feel protected, someone who makes your heart feels at ease, someone who feels like home, never let them go because those kind of people are rare, they come into your life only once, if you let them slip away, you might not experience a love like their not even in the next thousand lifetimes. and my mind started to wander all of those people I've loved and lost, was I really in love, or was it just an illusion, I wonder.

Nikita Deore

अब भी डरती हु मैं।

अब जिंदगी के उस मुकाम पर हूँ जहाॅ
मेरा दिल भी खुदका दिमाग रखता हैं
किसीका इंतज़ार जो अंदर से मार देता हैं
मैं फिर नजरंदाज होने से डरती हूँ
मुझे आज भी याद है वो दिन
जब आंसू बारिश मैं छुपाया करती थी
मार देता है वो अहसास अंदर से
मैं फिर छुपकर रोने से डरती हूँ
वो राते गवाह है की नींदे कितनी
तबाह है वो यादे तो कातिल है
मेरी मैं फिर खून बहाने से डरती हूँ।
ऐसे वक्त से गुजरी हूँ किसे सम्ज़ाउ मैं?
हर एक लम्हा कितना जख्मी था
मैं फिर अपना वजूद साबित करने से डरती हूँ
मेरी हर कोशिश नजरंदाज हुई मैं
बस खुदको ढूंढती रही मैं
खुदको मिली ही नही पर फिरभी मैं खुदको खोने से डरती हूँ
वो वक्त मुझसे मेरी रूह ले गया
इस जीने की सजा मैं मुझे धकेल गया
मैं खिच के खुदको ले आई हू इस मकाम तक
मैं फिर उस तरह मरने से डरती हूँ
सहा सब अकेले है मैंने तो कहै जमाना बेवफा
मुझे कोई गम नही पर
मैं फिरसे महसूस करने से डरती हूँ।

अंधेरे से उजाले के बीच का रास्ता।

क्या अजीब इत्तेफाक है अपना वजूद ढूंढने के लिए लिखना शुरू किया था और आज अपने वजूद पर कुछ लिखना पड़ रहा है कुछ खास कहानी नहीं है मेरी बस खुद को ढूंढ रही हूँ जब भी कोई पूछता है कि लिखना कैसे शुरू किया तो एक ही बात बोलती हूँ कि जिंदगी लिखना सिखाती है जब अपनों के असली चेहरे दिखाती है, जिंदगी का एक ऐसा पेहलू जिया मैंने खुद के साथ कि जहां मैं , मेरी कलम और एक अंधेरा कमरा इसके अलावा और कुछ नहीं होता था मेरी मां मेरे दोस्त और मेरे हमदम का काम मेरे कलम ने किया बातें बेहिसाब करती थी मैं बस किसी को आवाज नहीं आती थी क्योंकि वह बातें सिर्फ मैं और मेरी किताब के बीच में होती थी मेरी शायरी से मेरा दर्द बयां हो जाता था और लोग उसे मेरी कहानी समझ बैठते थे जो पहली बात मेरे कलम से बाहर निकली थी वह ये कुछ इस कदर खुद को बहलाते हैं हंस देते हैं हम जब रो नहीं पाते हैं पहले सुनते हैं उसकी हर एक बद्दुआ फिर हालात पर अपनी मुस्कुराते हैं मुझे आज भी लगता है कि कुछ खास नहीं लिख पाती हूं मैं अपना हर एक एहसास नहीं लिख पाती हूं मैं कभी हिम्मत ही नहीं कि अपना लिखा हुआ किसी के सामने पढ़ सकूं किसी को दिखा सकूं , मैं बस एक 17 साल की लड़की हूं नृत्य करती है जो चित्रकला करती है जो सब तरह की कला में रुचि रखती है मुझे इन्हीं सब कलाओसे मोहब्बत है पर वह मोहब्बत ही क्या जो दर्द ना दे कुछ हालातो की वजह से अपनी कला से कोसों दूर चली गई

थी मैं बस जिये जा रही थी खुदसे सवाल कर रही थी, कुर्बान हो रहे हो? या चुने गए हो? तुम ऐसे ही थे? या बूने गए हो ? हंसना भी भूल चुकी थी मैं कुछ था ही नहीं चेहरे पर ढूंढते हुए खुद को इस जमाने में मैंने अपना वजूद ही खो दिया था जब एक उम्मीद की किरण दिखी तो समझा की जिंदगी बदल सकती है पर लढना होगा खुदको दूसरा मौका देके तो देखते है, गिरने का डर रखते ही अगर परिंदे तो उड़ते कैसे सोच कर मैंने वो रिस्क लेहीली और आज मैं एक अलग इंसान हु खुशमिजाज हस्ती खेलती खुश रहने वाली और दुसरो को खुश रखने वाली, आज मैं मुझे जो चाहे वो सिख रही हु मैं खुदको अभी भी ढूंढ रही हु मैं एक DANCER , DESIGNER , STORYTALLER,STANDUP COMEDIAN ये अपने अंदर के सारे किरदार संभल रही हु और मैं लिख रही हूँ वजूद मेरे लिए खास किताब है क्युकी अभी मुझे मेरा वजूद मिला है आज मैं, मैं बन गयी हु और हाँ मैं खुश हूँ, जिंदगी अभी आधी भी नही जी है पर एक बात तो समझ गई "LIFE IS ALL ABOUT SECOND CHANCE"

YUSHVA

Mai jazbaat hu ..

Haal dil e aghyaar bayaa.n karta hu ..

Chalakta hu kabhi chashm nam kar k ..

Kabhi labo pe tabassum ban k chamakta hu ..

Mai jazbaat hu ..

Qaabu

na kar saku gar apni zaat par ..

Ye jahaa.n kya khaak badlunga ..

Abhishek Bhatt

वजूद

(महाभारत , विरामस्थली)

(रात्रि पहर , पूर्णिमा)

प्रमुख विरामस्थल से कुछ दूर पर दो सैनिक बरगद के वृक्ष के नीचे बैठ कर बात करते हुए ।

पहला सैनिक - आज रणभूमि में राजकुमार अर्जुन का पराक्रम और शौर्य देखने योग्य था । उनके गांडीव से निकलने के बाद बाण सीधा विपक्षी दल के मस्तक या छाती में ही धंसा दिखाई पड़ता है , बीच रास्ते में तो अदृश्य सा मालूम होता है ।

दूसरा सैनिक - हाँ अद्भुत, पर याद है , अगर तुम तिरछे से उनके ऊपर जा रहे भाले को ना रोके होते तो ? सचमुच ही सोच के हृदय विचलित होने लगा था उस समय ।

पहला सैनिक - वो हमारा कर्तव्य है । उनका रथ निर्विरोध आगे की ओर चलना चाहिए , आगे का मार्ग हमें ही खाली करना होगा।

दूसरा सैनिक - हाँ पर इस रणभूमि की मिट्टी ही तुम्हारे खून को पहचानेगी , तुम्हे याद रखेगी, इतिहास सिर्फ राजकुमार अर्जुन को ।

पहला सैनिक - हाँ , वो राजकुमार हैं , ये लड़ाई उनकी है , वो ही समर्थ शक्तिशाली योद्धा हैं , वही अभिनेता हैं इस युद्ध के ।

दूसरा सैनिक - कैसे ? उनके पास घोड़ों से जुता हुआ रथ है , स्वयं भगवान उनके सारथी हैं , दीपित सुशोभित गांडीव का आशीर्वाद है , कई वरदान प्राप्त बाण है ,

अटूट कवच है और सुशोभित मुकुट है । वह हर तरीके से समर्थ बनाये गए हैं । तुम्हारे पास इनमे से कुछ भी नही है ।

अपितु तुम्हारा पूरा बदन भी कपड़ो से ढका हुआ नहीं है । एक तलवार है और एक ढाल जो कभी भी किसी भी क्षण नष्ट हो सकते है । फिर तुम इस युद्धभूमि में निहत्थे रह जाओगे । अगर राजकुमार अर्जुन को इस तरह लड़ाया जाएगा तो शायद तुम उनपे भारी पड़ सकते हो ।

पहला सैनिक - (आकाश की ओर हाथ उठा के कहता है)

ये पूर्णिमा का चाँद है , असंख्य अनमोल तारे इसकी दुधई रोशनी में अपना वजूद खो देते हैं ।जो भी आसमान की तरफ देखता है एक अकेले चाँद को ही देख के मोहित हो उठता है । सैनिक तारे हैं और राजकुमार चाँद ।

दूसरा सैनिक - पर अमावस में तो चाँद दिखता भी नही है , तारे ना रहे तो ? आकाश तो अंधेरे से घिर जाएगा , तारे साथ नहीं छोड़ते ।

(तीसरा सैनिक आता है) कौन है वहाँ? अर्धरात्रि हो चुकी है , सुबह ही शीघ्रातिशीघ्र युद्ध के लिए प्रस्थान करना होगा , गुप्तचरों से खबर मिली है की कल कौरवों का नेतृत्व अंगराज कर्ण करेंगे । और आप दोनो सेना की प्रथम पंक्ति में सुनिश्चित किये गए हैं ।

(एक दूसरे को देखते हुए तीनो सैनिक शयन कक्ष की ओर बढ़ चलते हैं । शैया पर विराम करते हैं।)

पहला सैनिक - ऊपर पर्दे में फटे हुए छेद में क्या देख रहा है ?क्या सोच रहे हो ?

दूसरा सैनिक - तारे देख रहा हूँ , कभी बादल उनको घेर ले रहा है , पर वो धैर्य से बादल के हटने की प्रतीक्षा करते है और फिर दिखाई पड़ने लगते है । टिम- टिम करते हुए मानो लगता है की वो गिरते है फिर उठते है ...फिर गिरते है ...फिर उठते है ।

पहला सैनिक - तो कल क्या सोचा है ? क्या करोगे युद्ध में ।

दूसरा सैनिक - सोचना क्या है , जो आगे आएगा उसको चीरते हुए आगे बढ़ेंगे ।

पहला सैनिक - तुम्हारी तलवार गिर गयी या टूट गयी वहाँ तो ?

दूसरा सैनिक - उसी की तलवार से उसी को मारेंगे पर आगे बढ़ेंगे। दृश्य - (झरोखे से-) थोड़ी दूर पर .. अर्जुन विचलित सा , बड़े बड़े कदम नापता हुआ एक छोर से दूसरे छोर पर जा रहा था । दिमाग में विचारो का उहापोह , बवंडर सा चल रहा था । भौंहें तनी हुई है, और ग्रीवा बार बार जल के लिए व्याकुल प्रतीत हो रही थी ।

(उधर से कृष्ण का आगमन)

अर्जुन - वासुदेव की जय हो ।

कृष्ण - अरे! कौन्तेय , अभी तुम सोये नहीं ?

अर्जुन - प्रभु , कल युद्ध को लेके असमंजस की स्थिति बनी हुई है । कुछ अनिष्ट जैसा लग रहा है । लग रहा कल किसी पांडव की क्षति है , कुंती माता भी विलाप कर रही है ।

कृष्ण - इष्ट के साथ रहकर भी अनिष्ट से कैसा डर पार्थ ? तुम शयन कक्ष में जाओ और सो जाओ , निद्रा पूरी कर लो , तभी चैतन्य जागृत होगा । कल के युध्द में||

चैतन्य ही निर्णायक होगा ।जिसका चैतन्य सुदृढ़ रहा विजय उसकी होगी पार्थ । अतः विश्राम करो ।

(दोनो विदा लेते हैं) पहला सैनिक - देखो , राजकुमार अर्जुन , डरे हुए है कल के युद्ध से । सोचो अगर भगवान वासुदेव कहीं कर्ण के सारथी होते तो , आह ! युद्ध के लिए एक दिन पर्याप्त था ।

दूसरा सैनिक - राजकुमार अर्जुन के मन की स्थिरता , और राजकुमार अर्जुन के रथ में अश्वों की चंचलता दोनो श्री कृष्ण के हाथ में है, वो उन्हें किसी भी भांति बचा ले जाएंगे ।

राजकुमार अर्जुन को बस वार करना चाहिए , चारो तरफ सिर्फ बाणों की वर्षा । बाणों का मेघ बना कर सूर्य को छिपा देना चाहिए ।

लोग कहते है की कर्ण को सूर्यदेव से ही शक्ति मिलती है , उनके बिना वो अधीर हो जाता है । पहला सैनिक -अच्छा ! उषा में कुछ ही समय शेष है ,

तुमने सुना श्री कृष्ण ने क्या कहा , निद्रा से चैतन्य जागृत होता है , कल युद्ध भी है ,अब सो लो । दूसरा सैनिक - तुम सो लो , हम पूर्णिमा में तारों का वजूद ढूंढते है ।

BIO AND PICTURE

Smita Tripathi

मैं अतर्रा महाविद्यालय अतर्रा में अंशकालिक प्रवक्ता (हिंदी)के रूप में शिक्षण कार्य कर रही हूँ । ईश्वर की कृपा से जो मिला उसमे खुश और संतुष्ट हूँ । सुख शांति से जीवन जीना यही मेरे जीवन का उद्देश्य है ।

Pooja Tiwari

Pooja Tiwari, who knows how to be happy, 18 years old girl, pursuing graduation.

Sameer Pareek

I am sameer pareek I am from bhilwara ,rajasthan Free verse poetry I love to write poetry in both languages hindi and English

ADV.Deepshikha Sharma

जीवन की वास्तविकता तब समझ में आती है जब हम समझ पाते हैं उस इंसान को जो हमारे अंदर है जब हम मुलाकात कर पाते हैं खुद से , अपना 'वजूद' लिखना भावों से एक बहुत अच्छा अनुभव रहा। वकालत कर रही जीवन को सफल बनाने में सक्षम गोरखपुर की साधारण सी युवा हूँ जिसे साहित्य जगत से बेहद स्नेह है।

Anamika Mishra

मैं अनामिका मिश्रा झारखंड की निवासी हूँ। लेखन एक ऐसी विधा है जो लोगों के दिलों में अपनी जगह बनाती है और अपनी छाप छोड़ जाती है।लेखन कोई सरल कार्य नहीं जो कोई भी कर ले, इसके लिए लेखक को ना जाने कितनी बातें ध्यान में लानी पड़ती है और गूढ़ अर्थों को समझ कर एक रचना का निर्माण करना होता है। मैं दिल में छुपे जज़्बात और एहसास लिखती हूँ, कभी अपनी तो कभी समाज की सच्चाई लिखती हूँ।अपने रचनाओं में अक्सर मैं प्रेम को उजागर करती हूँ, क्योंकि मुझे प्रेम से अत्यधिक प्रेम है। मेरी लेखनी निखरती है मेरे अल्फ़ाज़ों के संग, मेरी जिंदगी निखरती है मेरे फौजी के संग।

Yashika Sharma

लिखती हूँ बस ख़ुद की संतुष्टि के लिए लिखती हूँ बस समाज मै परिवर्तन लाने के लिऐ Jind Haryana New emerging talent

Sachin Gurjar

Uttar Pradesh police officer who loves to write inner feelings some time

Anjali Sharma

I'm from uttar Pradesh Gorakhpur. I love to write my own feelings

Jasmeet Kaur

I am jasmeet, a budding writer, an ambivert and an ambitious person. I am a graduate n studied economic hnrs. Day by day learning new things to come up with. Thankyou for stopping by, conquering the demons inside..

Vishnu Prasad

I myself Vishnu Prasad (Mechanical Engineer) from Satna Madhya Pradesh. I love to write poems, quotes and some positive vibes My writings are not only imaginations but mostly based on reality must read to listen your inner voice

Shivam Saxena

Currently i m living in agra, up . Psc aspirant completed bachelor degree of technology from AKTU , writing is my passion sometimes I love to write things in a non writing way to make it sarcastic or even funny too....my pain often spills love and emotional shayaris and poetry ...

Meera Chauhan

मेरा नाम मीरा चौहान है. मैं ३० साल की हूं. मैं दिल्ली से हूं. ग्रेजुएशन कंप्लीट हो चुकी है. लिखना मेरा शौक है. शांत स्वभाव हूं पर गुस्सा जल्दी आ जाता है. किसी भी चीज को देखकर या उसको सोच कर लिखना मुझे पसंद है..!!

Shalini Chauhan

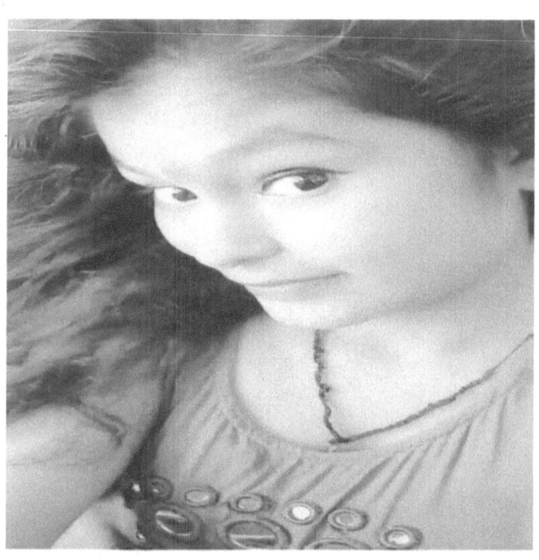

बेटियों को कम मत समझना वो सबकी जान पर बन आई है वजूद उसका भी याद रखते है लोग जो पेशे से औरत और वीरता की लक्ष्मीबाई है Likhne ke liye sochna nhi pdta sochne ke liye likhna hota hai ... Meri zindagi mere maa papa Mera phla akhiri pyar mere radha krishna ☐ Har koi likh kar mahan nhi hota hai Shayar to sb ban jate hai Pr hr koi shalini singh chauhan nhi hota hai

OM

कोई कवि, कोई लेखक नहीं हूं बस, कुछ मन की भावनाएं है जो कागज पर आ जाती हैं

Manju Gautam

मै अतर्रा महाविद्यालय अतर्रा (बांदा)मे अंशकालिक प्रवक्ता पद पर कार्यरत हू । मै सादा जीवन व ईश्वर मे आस्था रखती हू ।

Roopshikha Sharma

There are thousand words to speak , I love to write ☺☐

Anshu Mishra

Anshu mishra from raipur, Kanha bhakt, Independent working girl, writing is blessing for me

Shilpi Patel

मैं आकाश मणि पटेल (शिल्पी) पुत्री तारा शंकर पटेल एवं सुनीता देवी, गोरखपुर उत्तरप्रदेश से हूँ | मैंने गोरखपुर विश्वविद्यालय से स्नातक एवं साकेत महाविद्यालय से परास्नातक किया है | मुझे कविता लिखना बहुत पसंद है | मुझे लगता है साहित्य एक ऐसा साधन है जिसके माध्यम से हम अपने विचारों को बहुत ही सरल माध्यम से व्यक्त कर सकते है |

Dr. Tilak Dixit

Dr Tilak is a practicing physician in Udaipur Rajasthan. He loves expressing his views in metaphoric forms as he considers metaphor to be a bridge between two or more emotional states and atmospheres.

Sneha Pareek

Myself Sneha Pareek...age-20yr ...Live in indra colony JAYAL, (district -Nagaur)

Kuldeep Mishra

संछिप्त परीचय कुलदीप मिश्रा निवासी :जगतजनी सीता माता एवं भगवान बुद्ध की तपोस्थली श्रावस्ती (उत्तर प्रदेश) प्रबंध निदेशक: निर्मला डाइग्नोस्टिक सेंटर पिता: श्री डॉ राम कुमार मिश्रा(प्रख्यात चिकित्सक) माता स्वर्गीय निर्मला मिश्रा

Kisu Raj

क्या था मैं कभी सोचा नहीं, क्या हूं मैं ये समझना है... खुद के वजूद को ढूंढने के लिए, अब मुझे खुद से लड़ना है!

Amit Sanga

Hey everyone This is Amit Sanga born in Aligarh on 12april and raised in Hathras (U.P). He completed his schooling from ST francis inter college. And now pursuing masters in Geology (Earth science). He is already a co-author of beautiful anthology "shades of love". He mostly write poetries, fictional stories and motivational quotes. His motive of writting is to express experiences and circumstances of his life so people can get some positivity to spend life happily. He gave their credit of writting to his parents, teachers and friends too.He is also running a page on instagram @mere_alfaaz_official.I requested to all readers of this anthology that if you really like his writings then follow his account for regular updates. He is especially thanking Miss shatakshi for this wonderful opportunity. Message - " Mirror is the ocean of wishes "

Ritu Anand

महान व्यक्तित्व नही है मेरा! मुझे होना भी नही है कोई महान या महानता के लिए.. देनी कोई कुर्बानी है..!! पर हां.. सहज रह पाऊँ खुद में..! ऐसी सरल फितरत तो जरूर है..!!

Rubiya Godara

I'm Rubiya Godara from Rajasthan. Creative, thoughtful and an aspiring poet Classy, beautiful and adding happiness to closet

Rahul Gupta

My name is Rahul Gupta. I am from Sirsa Haryana. I am persuading my bachelor degree of fine art.

Jayant

धार्मिक कार्यो को जीवन का लक्ष्य माना है, साहित्य से अत्यंत लगाव है

Geeta Dwiwedi

मैं अतर्रा पोस्ट ग्रेजुएट कॉलेज में असिस्टेंट प्रोफेसर के पद पर कार्यरत हूं । साहित्य का अध्ययन अध्यापन मुझे पसंद है । सादा जीवन जीना मेरा जीवन दर्शन है ।

Sujay Kumar

My name is sujay kumar and people call me "sujii". He is from Ramgarh cantt studying in kendriya vidyalaya .He generally writes a poetry using his own life incidents.... And at the last the thought which forces him to write was "MIRACLE HAPPENS EVERYDAY"

Sunil Tyagi

Software developer Writer

Shikha Dwiwedi

शिखा द्विवेदी का जन्म 8 अगस्त को फरुखाबाद में हुआ|मेरी प्रारम्भिक शिक्षा एवं पूरी शिक्षा ही प्रयाग से हुई|वैसे तो मेरी शिक्षा बहुत नहीं है पर लिखने का शौक मुझे बचपन से ही रहा है .मेरी यह सोच है की ,ह्रदय की आन्तरिक गहराइयों से लिखने के लिए बहुत शिक्षित होना जरूरी नहीं है,भावनाओ में बह जाने के बाद लिखना इसे भगवान का दिया हुआ उपहार ही मैं समझती हूँ|

Vidhu Mishra

मैं विधु मिश्रा ,बैसवारा क्षेत्र"श्री महाप्राण निराला जी "की पावन भूमि के एक छोटे कस्बे बीघापुर की निवासी हूँ। मैं एक सहलेखिका हूँ, मुझे अपने विचारों को कलम के सहारे कागज पर उतारने का शौख है,मैं महिलासशक्तिकरण से आधारित इस समाज मे एक पहल करना चाहती हूँ। एक स्त्री को तुम पहचानो , इज्जत करो उसकी,उसके वजूद को भी जानो। वो सिर्फ एक स्त्री ही नहीं है, उसने ही माँ बनकर तुम्हें पाला है। ये तेरी किस्मत है, की उसका हाथ है तेरे सर पर । एक उसके साथ से ही आज तेरा बोलबाला है।।☐☐

Kalpana Shukla

मैं कल्पना, अपने नाम के अनुरूप एक ऐसे संसार की कल्पना करती हूँ जहाँ मानवता हो, प्रेम हो, सहयोग और सहकारिता हो । साहित्य के माध्यम से अपने विचार व्यक्त करती हूँ ।

Amar Pratap Choudhary

वैसे मैं कोई लेखक या कवि नहीं हूं , पर जब कभी ज़िन्दगी के कशमकश में उलझ जाता हूं, तब यूंही सुकून की तलाश में कुछ - कुछ लिख लेता हूं, किसी अजनबी की याद में किसी काश को सोचकर,अगर कहीं कोई कमी रह जाये तो माफ़ी चाहुँगा।

Shubham Sharma

Hello, Readers! My name is shubham sharma. A boy from Bihiya (Bihar), with full of feelings & million of dreams. I studied B.C.A. at ARA (Bihar). I loves to write poetry, quotes & shayries. Traveling, reading & gaming are my hobbies.

YUSHVA

Hi, Yusha rizvi is my pen name but officially on papers my name is Talmeez Mahendi Rizvi and i am senior corporate manager in Nexa in lucknow .i am an ex athelete (a weightlifter).

Nikita Deore

जिंदगी लिखना सिखाती है, जब अपनों के असली चेहरे दिखती है। वो केहते है ना तज़र्बे की उम्र नही होती, बस उसी की वजह से लिखते है। -निकीता देवरे (NIRJARA□) insta :- @nikkita__deore05 page:- @kuch_un_kahi_baate

Ayesha Shaikh

Ayesha Shaikh was born and brought up in the country of Pakistan. From her childhood to her youth, she had always been an ambitious person, an outstanding student and a humble human being who has contributed to various occasions, activities, meetings, and collaborations for the benefit of the society. She says, "writing is an art of composing your feelings within a text, and writing is not just a hobby but a passion, it's like describing creatively about what a person is feeling. It's magic".

Dr. Abhishek Bhatt

मेरा नाम डॉ ० अभिषेक भट्ट "प्रवीण" है । मेरे पिताजी का नाम श्री राजेश शर्मा और माताजी का नाम श्रीमती सीता शर्मा है । 25-12-1995 को मेरा जन्म कुसौली गांव (जिला - भदोही) में हुआ । मेरी प्रारंभिक शिक्षा भदोही के सेंट थॉमस विद्यालय से सम्पन्न हुई । उसके बाद एम० बी०बी०एस० की पढ़ाई बाबा राघवदास मेडिकल कॉलेज गोरखपुर से हुई । हिंदी साहित्य में रुचि दादा जी के साथ बिताए हुए उत्कृष्ट समय से प्राप्त हुई । हिंदी भाषा के प्रति मधुर पिपासा के कारण पठन-पाठन एवं लेखन का कार्य तत्परता से संभव हो पाता है ।